Un recorrido por las estaciones

a Cecilia — S. B.

a mamá y a papá — M. C.

Barefoot Books, 2067 Massachusetts Ave, Cambridge, MA 02140

La composición tipográfica de este libro se hizo en Syntax Black y en Jacoby ICG Black.
Las ilustraciones se prepararon en *gouache* y en un *collage* de papel.

Diseño gráfico por Barefoot Books, Inglaterra. Separación de colores por Bright Arts, Singapur. Impreso y encuadernado en China por Printplus Ltd

Este libro fue impreso en papel 100 por ciento libre de ácido. Edición en rústica ISBN 978-1-84686-291-5

9 8

Un recorrido por las estaciones

Stella Blackstone

Maria Carluccio

Barefoot Books
Celebrating Art and Story

Brinquemos hacia enero, ¡ven conmigo!

peluche   gorros   huellas   disco de hockey   casa   orejeras

Una capa gruesa de hielo cubre el estanque. ¿Qué ves?

pinos   patines   pipa   palo de hockey   perro   humo

Volemos a febrero, ¡ven conmigo!

esquís   zanahoria   bola de nieve   muñeco de nieve   trineos   guantes

Laderas blancas de nieve reluciente. ¿Qué ves?

botas de nieve   chaqueta   lentes   bastones de esquí   conejo   pájaro

A **marzo** en un remolino, ¡ven conmigo!

iglesia   **bandera**   **camión**   **bicicleta**   **disco**   **gorras**

El viento silba por las calles. ¿Qué ves?

nido   cometa   auto   tendedero   perro   paquete

En **abril** nos empapamos,
¡ven conmigo!

botas de plástico   charcos   paraguas   fuente   cachorro   acera

Dulces y cálidas lluvias anuncian la primavera.

¿Qué ves?

capuchas   escalones   desagüe   barquito de papel   puerta   narcisos

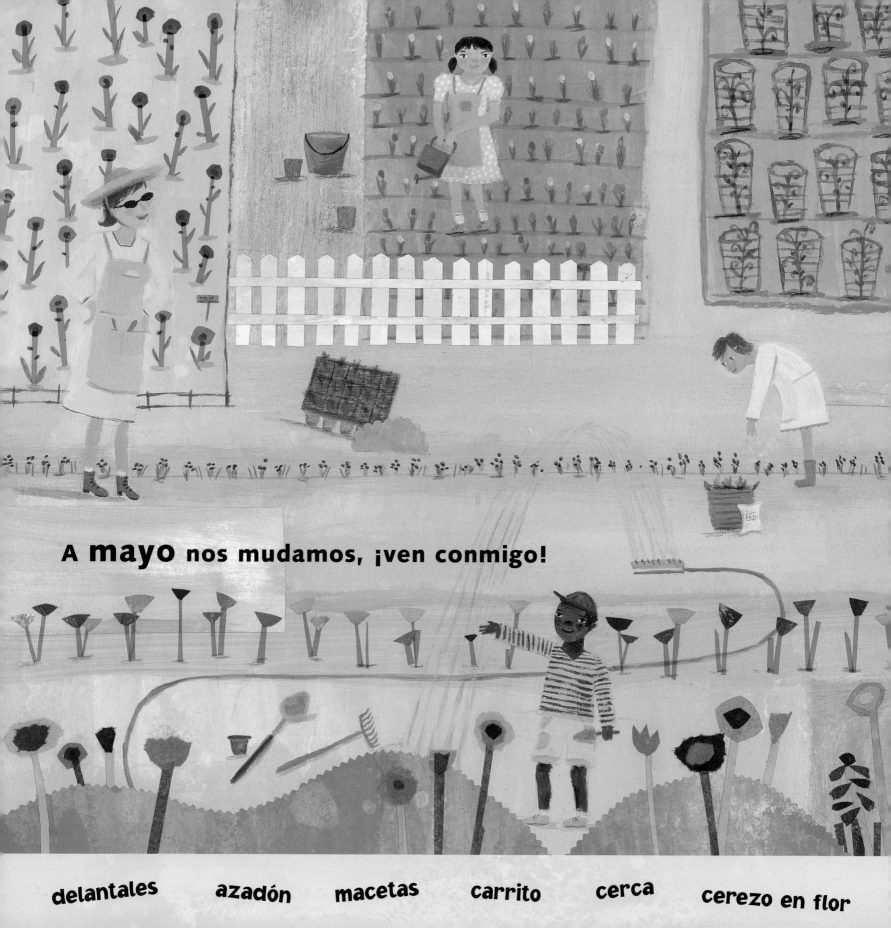

A **mayo** nos mudamos, ¡ven conmigo!

delantales   azadón   macetas   carrito   cerca   cerezo en flor

Llegó la hora de sembrar.

¿Qué ves?

aspersor   mangueras   pala   regadera   rastrillos   semilleros

Corramos hacia **junio**, ¡ven conmigo!

patineta   **termos**   **manta**   **canasta**   **mariposa**   **columpio**

Almorzar en el campo es muy divertido.
¿Qué ves?

monopatín   pan   bicicleta   plátanos   hielera   mesa y bancas

A **julio** con buen ritmo, ¡ven conmigo!

malabarista   muñecos   carritos de choque   heladería   algodón de azúc

En la feria hay muchos juegos y atracciones. ¿Qué ves?

carrusel   globos   banderas   taquilla   rueda de la fortuna   luna

En **agosto** navegamos,
¡ven conmigo!

veleros   palitas   pescador   cangrejo   pelota   lentes de sol

La arena es suave y el agua está tibia. ¿Qué ves?

cubetas   gaviota   hamaca   tabla de surf   castillos de arena   aletas

Nos deslizamos a
septiembre,
¡ven conmigo!

autobús   maestra   loncheras   libro   baloncesto   fútbol americano

Empiezan las clases.

¿Qué ves?

mochilas   cartel   tobogán   rayuela   aro   ardilla

Giremos hacia **octubre,**
¡ven conmigo!

burro   colmena   cestas   llanta   manzanas   ciruelas

Los árboles están repletos de fruta.

¿Qué ves?

peras   calabazas   carretilla   cubo   escalera   oveja

Entramos en **noviembre**,
¡ven conmigo!

hoguera   rastrillo   casita de pájaros   contraventanas   farol   lentes

Las hojas bailan al caerse de los árboles. ¿Qué ves?

abrigo   gato   piano   casa en el árbol   bolsa de basura   escoba

Bailemos hacia diciembre,

¡ven conmigo!

velas   lucecitas   vasos   serpentinas   tambor   regalos

Celebremos el Año Nuevo,
y todo lo que vemos.

pasteles   flor de pascua   calcetines   bastoncillos   saxofón   botellas

Recorramos el calendario

abril: viene de la palabra en latín *aperire*, que significa "abrir"

enero: se llama así por Jano, el dios romano de las puertas y de los comienzos

mayo: se llama así por Maya, la diosa romana de la primavera

febrero: se llama así por februaria, el festival romano de la purificación

junio: se llama así por Juno, la diosa romana del matrimonio

marzo: se llama así por Marte, el dios romano de la guerra

julio: se llama así por Julio César, un dictador y general romano

agosto: se llama así por Augusto, un emperador romano

octubre: viene de la palabra en latín *octo*, que significa "ocho" (octubre era el octavo mes del primer calendario romano)

septiembre: viene de la palabra en latín *septem*, que significa "siete" (septiembre era el séptimo mes del primer calendario romano)

noviembre: viene de la palabra en latín *novem*, que significa "nueve" (noviembre era el noveno mes del primer calendario romano)

Habrás notado la influencia romana. Eso se debe a que nuestro calendario (con un año de 365 días y un día adicional cada cuatro años) fue dado a conocer en el año 45 a. C. por el dictador romano Julio César. Los romanos llevaron este calendario a los países que conquistaron y, con el tiempo, fue aceptado por distintas culturas del mundo.

diciembre: viene de la palabra en latín *decem*, que significa "diez" (diciembre era el décimo mes del primer calendario romano)

El cambio de estaciones

El año se divide en cuatro estaciones: primavera, verano, otoño e invierno. Pero, ¿por qué hay estaciones? Cada año la Tierra gira alrededor del Sol. La posición de la Tierra en su recorrido, u orbita, alrededor del Sol produce las estaciones.

A la vez que la Tierra se mueve alrededor del Sol, también va girando sobre su propio eje. A la Tierra le toma un día completar una rotación sobre su eje. También se encuentra inclinada en su eje. Esto hace que el Polo Norte esté inclinado hacia el Sol la mitad del año y que el Polo Sur lo esté la otra mitad del año. El hemisferio que está inclinado hacia el Sol tiene días más largos y recibe más rayos del Sol que el otro hemisferio. Por tanto, es verano en el hemisferio que en un momento determinado se encuentre más cercano al Sol.

Si el eje de la Tierra no estuviera inclinado, las noches y los días, en cualquier lugar del planeta, serían siempre de doce horas de duración, ¡y no tendríamos estaciones!

El calendario

Los calendarios son sistemas para llevar el control del tiempo. Dividen el tiempo en días, semanas, meses y años. Ha habido muchos calendarios a lo largo de la historia.

Babilónico: Era un calendario de doce meses lunares, de treinta días cada uno. Los babilonios agregaban meses cuando se necesitaban para que el calendario coincidiera con las estaciones.

Egipcio antiguo: Los egipcios fueron los primeros en reemplazar el calendario lunar (regido por las fases de la Luna) con un calendario basado en el año solar (regido por el Sol). Las semanas eran de diez días.

Romano: El primer calendario romano tenía diez meses y 304 días en un año. El año comenzaba en marzo.

Azteca: La semana era de 5 días y los meses eran de cuatro semanas.

Gregoriano: En 1582 el papa Gregorio instituyó un nuevo calendario que ajustaba los años bisiestos para que fuera más fácil medir el tiempo. Este calendario se convirtió en el que conocemos hoy en día.

Hebreo: Es un calendario lunar que se divide en 12 meses de veintinueve o treinta días cada uno. El año tiene aproximadamente 354 días. Esto hace que haya una variación de once a doce días cada año. Se agrega un mes cada tres años para compensar esta variación.

Islámico: El año islámico tiene doce meses lunares y comenzó en el año 622 d. C., el día de la hégira, la emigración de Mahoma de la Meca a Medina.

Hindú: Este calendario lunar existe desde el año 3101 a. C. El año se divide en doce meses lunares, según los signos del zodíaco. Los meses tienen entre veintinueve y treinta y dos días de duración.

Los días de la semana

Inglés	Francés	Español	Italiano	Alemán	Anglosajón
Sunday	dimanche	domingo	domenica	Sonntag	Sunnandaeg
Monday	lundi	lunes	lunedi	Montag	Monandaeg
Tuesday	mardi	martes	martedi	Dienstag	Tiwesdaeg
Wednesday	mercredi	miércoles	mercoledi	Mittwoch	Wodneesdaeg
Thursday	jeudi	jueves	giovedi	Donnerstag	Thuresdaeg
Friday	vendredi	viernes	venerdi	Freitag	Frigedaeg
Saturday	samedi	sábado	sabato	Samstag	Saeternesdaeg

Los nombres de los días de la semana en francés, español e italiano se parecen a los nombres de los dioses y planetas romanos. Los nombres en inglés y alemán se parecen a los nombres de los dioses noruegos. Por ejemplo: la palabra jueves viene de *jovis dies*, que significa "día de Júpiter", el principal dios romano.

Las deidades de la semana

Día	Planeta	Babilónico	Griego	Romano	Noruego
domingo	Sol	Shamash	Elio/Apolo	Mitra	Sunna
lunes	Luna	Sin	Selene/Artemisa	Diana	Sinhtgunt
martes	Marte	Nergal	Ares	Marte	Tyr
miércoles	Mercurio	Nabu	Hermes	Mercurio	Wodin/Odín
jueves	Júpiter	Marduk	Zeus	Júpiter	Tor
viernes	Venus	Ishtar	Afrodita	Venus	Freya
sábado	Saturno	Ninurta/Ninib	Cronos	Saturno	(Saturno)